A Sociedade Secreta dos
O.U.T.R.O.S.

A Sociedade Secreta dos O.U.T.R.O.S.

Pedro Mañas

Tradução
Janaína Senna

1ª edição

galera
RECORD

Rio de Janeiro | 2011

CIP-BRASIL. CATALOGAÇÃO NA FONTE
SINDICATO NACIONAL DOS EDITORES DE LIVROS, RJ.

M235s

Mañas, Pedro
A sociedade secreta dos O.U.T.R.O.S. / Pedro Mañas; ilustrações de Javier Vasquez; tradução Janaína Senna. - Rio de Janeiro: Galera Record, 2011.

Tradução de: Los otros
ISBN 978-85-01-08915-1

1. Ficção infantojuvenil espanhola. I. Vasquez, Javier. II. Senna, Janaína, 1974-. III. Título.

10-6300

CDD: 028.5
CDU: 087.5

Título original em espanhol:
Los O.t.r.o.s. Sociedad Secreta

Copyright © PEDRO MAÑAS e EDITORIAL EVEREST, S.A

Todos os direitos reservados.
Proibida a reprodução, no todo ou
em parte, através de quaisquer meios.
Os direitos morais do autor foram assegurados.

Composição de miolo: editoriarte

Texto revisado segundo o novo Acordo Ortográfico da Língua Portuguesa.

Direitos exclusivos de publicação em língua portuguesa somente para o Brasil adquiridos pela EDITORA RECORD LTDA.
Rua Argentina 171 — Rio de Janeiro, RJ — 20921-380 — Tel.: 2585-2000
que se reserva a propriedade literária desta tradução.

Impresso no Brasil

ISBN 978-85-01-08915-1

Seja um leitor preferencial Record.
Cadastre-se e receba informações sobre nossos lançamentos e nossas promoções.

Atendimento e venda direta ao leitor:
mdireto@record.com.br ou (21) 2585-2002

Para meus pais.

Para minha irmã Irene.

Para meus artistas: Arantza, Manuel, Maribel e Raquel (e vice-versa).

Para todos, porque também são os O.U.T.R.O.S.

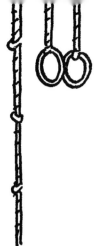

SUMÁRIO

CAPÍTULO 1
O olho preguiçoso — 13

CAPÍTULO 2
O formidável trio dos patetas — 25

CAPÍTULO 3
Encontro secreto no banheiro do terceiro andar — 37

CAPÍTULO 4
Jakob expõe a sua ideia — 49

CAPÍTULO 5
Os O.U.T.R.O.S. — 61

CAPÍTULO 6
Um triste espetáculo — 75

CAPÍTULO 7
O artigo sexto 87

CAPÍTULO 8
O segredo de Linda Himmel 99

CAPÍTULO 9
As duas serpentes 113

 O ar da biblioteca é denso e sufocante. Um sol abrasador penetra pelo janelão da sala de leitura e começa a queimar o cocuruto de dois alunos que estão quase dormindo sobre os livros. Não há ninguém entre as estantes. Bom, quase ninguém. Uma sombra desliza silenciosamente pelo corredor forrado de carpete cinza.

A sombra tem dez anos e se chama Franz Kopf, mas isso já não importa. Na verdade, há tempos ninguém o chama assim. Alguns poucos o conhecem como Olho de Cobra; para todos os demais ele é Franz, Olho Morto. Mas isso também já não importa. O importante é que a missão foi um verdadeiro sucesso. Com um pouco de atraso, talvez, mas um verdadeiro sucesso.

A seção da letra C fica num canto escuro do fundo da sala. Olho Morto vai observando os livros um a um com o olho bom: *Cinquenta histórias de terror... Contos para brincar... Curiosidades sobre o clima...* Pronto, é esse que está procurando. O menino abre na página 218 e deixa ali um papelzinho bem dobrado que estava em seu bolso. O papel, do tamanho de uma carta de baralho, tem o seguinte texto:

ENCONTRAMOS O SEGREDO

QUE ESTÁVAMOS PROCURANDO

TEMOS QUE CONVOCAR URGENTEMENTE

UMA REUNIÃO PARA AMANHÃ

OX

A assinatura do bilhete representa os dois olhos de Franz: o *0* simboliza o olho bom, o *X* simboliza o olho morto. Os membros da organização são terminantemente proibidos de usar seus nomes verdadeiros quando estão numa missão.

Franz relê a mensagem antes de fechar o livro e deixá-lo de novo no lugar. Os seus parceiros vão entender perfeitamente, mas para qualquer outra pessoa aquilo não vai passar de um pedaço de papel insignificante cheio de palavras sem sentido. E é justo nesse momento que Olho Morto se dá conta de que, na verdade, toda aquela loucura em que tinha se metido havia começado por causa de um estúpido cartaz cheio de letras que não faziam o menor sentido.

CAPÍTULO 1

O olho preguiçoso

```
M   R   A   M   B   D
  R   J   B   Y   H   A
    L   S   U   G   T
      R   K   H   N
        E   W   X
```

Apesar da penumbra, o calor no consultório do doutor Winkel era sufocante. Franz vinha notando há algum tempo que uma enorme gota de suor se formava na ponta de seu nariz. A menos de vinte centímetros da gota, o lustroso papo do médico balançava como o papo de um gigantesco sapo:

— Leia a segunda linha, Franz — grunhiu o doutor.

O menino se concentrou no cartaz que estava à sua frente. O olho esquerdo ardia e o direito estava tapado sem dó nem piedade pela mão gorducha e pegajosa do médico. Franz tinha visto antes, ali na mesa de Winkel, um gorduroso pacote de biscoitos amanteigados. Ele devia ficar se empanturrando entre um paciente e outro.

— **R, J, B, Y, H** e **A** — murmurou Franz, rezando para que parassem por aí.

— A terceira linha agora — pediu Winkel, apertando um pouco mais o olho de Franz.

— A terceira? Hã... **L, S**... **U, G** e... talvez um **F**?

Uma sonora gargalhada se ouviu na penumbra da sala. Franz reconheceria esse riso sarcástico no meio de milhões de outros. Era de sua irmã, Janika, e só podia significar uma coisa: problema. Era óbvio que tinha errado a letra.

— Leia as letras da quarta linha — insistiu Winkel, sem a menor compaixão.

Letras? Que letras?? A essa distância e com um olho tapado, a tal da quarta linha parecia, no máximo, um monte de cocô de mosca. Mas Franz tentou assim mesmo.

— **R**... ou **P**?... **K**, **U**... é, acho que é um **U**. A última letra parece ser outro **M**.

Ouviu-se outra gargalhada de Janika seguida de um sonoro cascudo de sua mãe.

— Quinta linha — murmurou o médico, deixando escapulir um pouco de saliva que foi parar no nariz de Franz, fazendo companhia à gota de suor.

— Acho que... é... — gaguejou Franz, com uma lágrima se formando no olho esquerdo.

— Vamos, fale. Que letras está vendo?

— Estou vendo... agora estou vendo...

— O quê?

Franz deu-se por vencido e fechou o olho. Aquela era uma batalha perdida.

— Nada — assumiu. — Não consigo ver nada.

O médico tirou a mão do olho de Franz, apertou um interruptor e uma luz ofuscante inundou o consultório. O menino esfregou os olhos, incomodado, e limpou com as mãos o resto de suor, saliva e lágrimas que tinha no rosto. Lá do canto da sala, seus pais olhavam com uma cara preocupada. Janika, é claro, estava sorrindo. Winkel se jogou na cadeira, deixando aquela pança enorme aparecer por baixo do jaleco branco.

— *Ambliopia!* — exclamou, como se estivesse xingando alguém. — Esse menino tem ambliopia.

A família inteira fez cara de ponto de interrogação. Ninguém entendia nada de medicina.

— Também podemos chamar isso de "olho preguiçoso" entendem? — prosseguiu o médico. — Ou seja, um dos olhos descansa tranquilamente enquanto o outro, por assim dizer, se encarrega de todo o trabalho. É como uma carroça puxada por um cavalo trabalhador e outro bem malandro. Quanto mais o primeiro puxa, menos o outro terá que se esforçar. Pois bem. O olho esquerdo do seu filho é preguiçoso. Preguiçosíssimo. Um verdadeiro vagabundo! — decretou, rindo, o que fez seu papo balançar loucamente.

Franz não ficou nada satisfeito de falarem sobre seu olho como se ele não estivesse ali presente.

— E isso tem cura? — perguntou, aflito, o pai do menino.

— Por sorte descobrimos logo o problema. Com um pouco de paciência, Franz vai ficar curado, desde que seja disciplinado e use isto aqui por uns tempos.

O médico meteu a mão em uma gaveta de sua escrivaninha, procurando algo por baixo de um monte de receitas meio amassadas. Franz não podia sequer imaginar o que ele tiraria dali de dentro, e várias ideias, as mais mirabolantes possíveis, passaram por sua cabeça. Óculos de radiação? Um olho mecânico? Um raio laser? Quando enfim o médico encontrou o que estava procurando, o menino pareceu decepcionado. Naquela palma rechonchuda só havia um pedacinho de plástico bege, mais ou menos do tamanho de uma figurinha redonda.

— O que é... o que é isso? — perguntou Franz, desconfiado.

— Ora, vai me dizer que nunca quis ser um pirata? — disse o médico com um sorriso.

Franz não entendeu nada. Sua mãe engoliu em seco e segurou a mão de Franz bem apertado.

— É um tapa-olho, querido. Um tampão adesivo para cobrir seu olho bom. Assim o olho preguiçoso não vai ter mais desculpas para não começar a trabalhar; não é isso, doutor?

— Isso mesmo, é exatamente isso! Mas não se preocupe, rapaz. Nem vai perceber que está usando o tapa-olho.

Uma hora mais tarde, parado em frente ao espelho do banheiro, Franz imaginou como adoraria ver o doutor Winkel comendo aquele maldito tapa-olho. Seria ótimo se seu enorme pacote de biscoitos gordurosos virasse um superpacote de tampões gordurosos. Que absurdo dizer que não dava para perceber aquele adesivo! E, além disso, aquilo não parecia nada com um tapa-olho de pirata. Isso até poderia ser divertido. Mas os dos piratas são pretos e não grudam na pele, todo mundo sabe disso. A cor do tapa-olho era incrivelmente parecida com a da pele de Franz. Por isso, quando se olhava para seu rosto, a primeira impressão que se tinha era de que, na verdade, naquele lugar nunca havia existido um olho. Ficava muito estranho!

— Franz! — gritou seu pai, esmurrando a porta. — Você pretende sair daí algum dia?

— Não! — respondeu Franz, furioso.

— Posso saber o que está fazendo aí dentro?

— Estou tentando encontrar meu olho!

— Não seja bobo! O doutor Winkel já disse que você não vai ter que usar isso para sempre.

Não houve meios de convencê-lo. Franz ficou trancafiado no banheiro até tarde da noite. Só muito depois, quando seus pais, cansados de gritar, desistiram e foram dormir, o menino saiu nas pontas dos pés e foi até a cozinha devorar uma coxa de frango fria com os restos de uma salada murcha boiando em azeite.

Talvez a reação exagerada de Franz àquela história do tapa-olho fosse porque, até aquele momento, sua vida tinha sido completamente, indiscutivelmente, absolutamente normal. Ele não era nem muito alto nem muito baixo, nem muito esperto nem muito burro, nem muito falante nem muito calado. Pode-se até dizer que Franz era o menino mais normal que conheci. Tinha uma turma normal, de amigos normais, que brincavam de coisas normais e tiravam notas normais, brigavam por assuntos normais e viviam em casas normais, cercados por famílias normais, que brigavam com eles por motivos normais, como subir na cama com os sapatos sujos ou abrir um pote novo de geleia quando o outro ainda não tinha acabado. Portanto, aquele tapa-olho era o primeiro fato excepcional de sua vida. Ou melhor, o segundo.

Na verdade, o primeiro fato extraordinário da vida de Franz estava escondido na escuridão de seu quarto naquele exato momento, esperando que o menino voltasse do banquete secreto na cozinha. Sorria com um arzinho malvado e estava com a mão no interruptor de luz. Quando Franz entrou no quarto e, achando que ia encontrar o interruptor, apalpou aquela mão gelada, quase morreu de susto. Mas logo entendeu tudo.

— Você é uma idiota, Janika! — gritou Franz o mais baixo que pôde, partindo para cima da irmã. — Você vai ver o que é aprontar de verdade!

Janika era pequena e rápida e, como sempre, deu um jeito de sair do quarto como um ratinho antes que o irmão conseguisse alcançá-la. Franz ainda pôde ouvir sua respiração acelerada atrás da porta do quarto dela, mas a menina já tinha se trancado lá dentro. Para ele, aquele quarto, com a porta sempre trancada, era um território selvagem, inexplorado e perigoso.

Seja como for, se digo que Janika era um detalhe extraordinário na vida normal e comum de Franz, não estou me referindo apenas às suas brincadeiras cruéis e perversas. Decididamente ela era uma menina especial.

Para começo de conversa, tinha desde muito pequena uma doença chamada asma, que só fez piorar com o tempo. Tinha dificuldade em encher os pulmões de ar; era por isso que sua respiração parecia sempre rouca e cansada. Vira e mexe, e sem saber muito bem por quê, quando inspirava pelo nariz, fazia um barulhinho desagradável como o silvo de uma cobrinha. A maioria das pessoas não gostava nada daquele barulho.

Mas atenção, não vá pensar que ela era uma garotinha doce e frágil, coberta por um montão de mantas e agasalhos. Não mesmo! Janika era franzina, mas forte, e não deixava que ninguém se metesse com ela. Os que se aventuravam quase sempre acabavam com uma bela cicatriz da marca certinha de seus dentes afiados. O pai a chamava de "minha menininha selvagem", e, quando isso acontecia, ela sorria, feliz da vida.

Janika gostava de umas brincadeiras muito esquisitas, que só ela entendia. E era comum passar o recreio inteiro sozinha, murmurando coisas em voz baixa. Na sua turma, todos sabiam que ela era um pouco estranha e, pelas suas costas, a chamavam de Janika, a Louca, ou de Janika, a Infectada, ou as duas coisas ao mesmo tempo.

Definitivamente Franz e Janika pareciam tão diferentes, que era difícil acreditar que fossem irmãos. Até eles mesmos achavam estranho. O menino mais normal do mundo e a menina mais esquisita da escola tinham aterrissado no mesmo lugar. Franz tinha certeza de que a irmã era pirada. Por outro lado, não tenho ideia do que ela pensava dele.

De qualquer maneira, Franz não pensou mais na irmã aquela noite. Ele se jogou na cama de barriga para cima, fechou os olhos e, com todo cuidado, descolou o tapa-olho. Foi como se tirasse um sapato apertado. Por uma fresta da janela, entrava um arzinho frio, que anunciava a primeira tempestade do outono, mas que também refrescava seu olho, que tinha ficado muito quente. Aquilo o deixou um pouco mais calmo. "Na pior das hipóteses", pensou com seus botões, "é só uma questão de hábito. Nada vai mudar por causa deste tapa-olho."

Essa ideia o ajudou a pegar no sono. Mas ele mal podia imaginar como estava enganado.

CAPÍTULO 2

O formidável trio dos patetas

Embora ninguém tenha visto a tempestade, o fato é que na manhã seguinte a cidade acordou encharcada. O trânsito fluía com a lentidão de um desfile de lesmas e o ônibus em que Franz estava passava pelas poças, respingando água nos pedestres, que corriam para chegar ao trabalho na hora. O ânimo de Franz estava tão fechado quanto o céu. No café da manhã, encontrou debaixo da xícara de chocolate um bilhete escrito a mão que dizia: **LOCALIZAMOS SEU OLHO.**

VENHA BUSCA-LO NA SALA DE ACHADOS E PERDIDOS. Franz amassou o bilhete, com raiva. Ficou tão furioso com Janika por causa daquela brincadeira, que se recusou a ir no mesmo ônibus que ela, e por isso, ia chegar atrasado.

Fingia olhar pela janela, mas disfarçadamente vigiava os outros passageiros. Aparentemente, ninguém tinha notado seu tapa-olho. Muitos ali, ainda meio sonolentos, quase cochilavam e tinham que fazer o maior esforço para se segurar firme, tentando não perder o equilíbrio. Um garotinho com tapa-olho? Imagina. Não seria o primeiro nem o último. Uma velhinha, que parecia mais acordada que os outros, piscou para ele e sorriu. Seria simpatia? Pena? Ou alguma espécie de gozação? Era difícil saber ao certo. Franz também sorriu para ela, meio tímido.

Finalmente o ônibus freou diante da grade do colégio. Era tarde e o pátio de entrada estava deserto. Com certeza a aula daquela chata da senhorita Krueger já tinha começado. Franz saiu em disparada pelos corredores vazios e o eco de suas passadas ecoou pelo chão do prédio velho e imenso. Quando chegou à sala, enxugou o suor, verificou se o tapa-olho continuava no lugar e abriu a porta.

— Franz Kopf, isso é hora de...? Ah! — A senhorita Krueger chegou bem pertinho e arregalou tanto os olhos que chegou a rachar a grossa camada de maquiagem que usava. — Desculpe, querido, venha. A partir de hoje você vai se sentar na primeira fila, perto de Jakob. Berta, vá lá para trás.

A menina começou a juntar suas coisas para se sentar na quarta fila. Mas fez isso sem tirar os olhos de Franz. Na verdade, a turma inteira olhava para ele, intrigada. A pele do menino começou a suar em volta do tapa-olho.

— Não preciso ficar na primeira fila, professora — murmurou ele. — Acho que meu lugar de sempre é perfeito. Além disso, meu olho tem que se acostumar a...

— Vamos, vamos, Franz! Não é problema algum não enxergar de um olho. Isso não quer di-

27

zer que você seja um inútil. A História está cheia de deficientes muito ilustres. Veja, por exemplo, Toulouse-Lautrec. Era anão. Ou Miguel de Cervantes, que era manco...

— Tá. Mas eu não sou...

— Homero era cego e Beethoven ficou surdo. Verdadeiros trapos humanos que lutaram contra a desgraça e tiraram proveito do pouco que a vida lhes dava, enfrentando a zombaria das pessoas normais.

— Obrigado, mas o meu olho só...

— Nada disso, nada disso, na minha aula você vai se sentar na primeira fila. — Levou a mão ao peito, num gesto teatral. — Não quero que ninguém diga que desprezo as pessoas deficientes.

Franz se sentou, chateadíssimo. Se a senhorita Kruegel estava pretendendo lhe fazer um favor, não tinha sido lá muito boa nisso. Embora não se atrevesse a se virar, podia sentir um monte de olhos pregados em sua nuca. Disfarçadamente olhou para a direita. Jakob, o nerd da turma, o fitava com curiosidade, piscando sem parar por trás dos óculos imensos. Franz evitou seu olhar e se concentrou no quadro. Ia ter que esperar.

A última aula antes do recreio era de matemática. Franz já estava enjoado de tanto decifrar números com o olho preguiçoso quando o sinal tocou. Em um minuto se viu rodeado por um bando de colegas, parecendo um astro de rock assediado pelos jornalistas. Sentiu-se até importante. "Que tapa-olho é esse?", "Pra que serve?", "Quanto tempo vai ficar com isso?", "Dói?", "Vão operar seu olho?", "Aí debaixo tem uma cicatriz nojenta e cheia de sangue?". Franz sorriu. Aparentemente, nada tinha mudado. Respondeu àquelas perguntas com a maior paciência e todos pareceram satisfeitos. Foi então para a escada e segurou no corrimão com todo cuidado, enquanto os outros disparavam pelos degraus. Não tinha nem notado que Jakob, o nerd, vinha logo atrás dele e continuava olhando com curiosidade.

A quadra estava úmida e escorregadia; mas isso não era suficiente para fazer as crianças desistirem da habitual partida de basquete. Com sempre, Linda e Oliver, os melhores no esporte, foram escolhidos como capitães. Os outros esperavam pacientemente em fila para serem escolhidos.

— Quero Giselle! — gritou Oliver.

— Matthias comigo! — disse Linda.

— Kurt!

— Moritz!

— Hummmm... Herbert.

Franz já estava ficando impaciente. Normalmente era dos primeiros a sair da fila porque era rápido e tinha boa pontaria.

— Norman!

— Minna!

Olaf, Mathilda, Berta, Patrick... Franz olhou para a esquerda e para a direita mais espantado que chateado. Só tinham sobrado três. À sua direita, balançando o corpo, estava Emily, uma garota grande e desajeitada como uma girafa que parecia ter crescido demais de um dia para o outro. À esquerda, estava Holger, o mais gordo da turma, um menino absolutamente imenso, mordendo uma pele solta do polegar. Confuso, Franz procurou os olhos de Linda, mas ela não o encarou.

— Emily! — disse Linda. E a menina-girafa foi para perto dela, com passos de gigante.

— Hummmm... Franz — murmurou Oliver, depois de refletir por um instante.

— Então, Holger... — bufou Linda, resignada.

Holger foi trotando como um velho hipopótamo para a outra ponta da quadra. E as crianças se espalharam entre as quatro linhas. Todos, menos Franz. Ele ficou parado. O penúltimo, tinha sido o penúltimo! Estava tão espantado que esqueceu completamente que tinha que correr atrás da bola. E ficou parado assim por um bom tempo até que Oliver, vendo que os jogadores da equipe rival passavam por ele com toda facilidade, gritou:

— Acorda, Franz! Caramba!

Franz caiu das nuvens, olhou para Oliver, procurou a bola e, furioso, partiu para cima de Linda, que, no meio da quadra, se preparava para arremessá-la com a maior categoria. Ele ia mostrar àquela gente que continuava em forma. Tomou impulso, deu um salto de pantera para cima da menina, esticou a mão e... escorregou no piso úmido, caindo de barriga no chão. Linda começou a rir, mas Oliver correu para levantá-lo.

— Obrigado — murmurou Franz —, foi por causa daquela poça.

— Claro — foi tudo o que respondeu o outro.

O que Franz não imaginava era que, no momento em que estendeu a mão para ajudá-lo, seu capitão chegou à conclusão que até o gordo Holger era melhor que ele para fazer parte do time na próxima partida. "Como era de esperar, com esse tapa-olho ele não serve pra nada", pensou Oliver.

O time de Franz estava perdendo por 22 pontos quando o sinal tocou, anunciando o fim do recreio. O menino estava com dor no ombro direito e nos joelhos. Ele foi se dirigindo para a entrada um passo atrás do restante do time. Ninguém esperou por ele, nem o incluiu no grupo. Foi então que percebeu que a gigantesca

Emily e o gordo Holger estavam andando ao seu lado. Começou a chuviscar.

— Bela partida, não é mesmo? — disse Holger, sorrindo.

— Claro... claro — respondeu Franz, distraído.

— *Adoro basquete!* — exclamou Emily esganiçada.

Os três ficaram juntos na fila de entrada. Holger tinha começado a contar uma história estranha sobre a senhorita Krueger, e Emily se sacudia com umas gargalhadas estridentes. Franz não estava nem prestando atenção. Na fila do último ano, duas meninas mais velhas ficaram o tempo todo olhando para eles de rabo de olho e rindo. Mas de quê? De quem? De Holger, de Emily ou dele? Na verdade, deviam formar um grupo curioso: o formidável trio dos patetas. Uma das meninas teve um verdadeiro acesso de riso. Como quem não quer nada, Franz se afastou de seus "novos amigos". Emily e Holger não pareceram se preocupar com isso. Talvez já estivessem acostumados.

O restante do dia foi um verdadeiro inferno para Franz. De repente lhe passou pela cabeça que, se as meninas lá do pátio o achavam ridículo, talvez os outros também achassem. Passou o dia inteiro vigiando os colegas, angustiado. Mal ouvia um murmúrio ou um risinho às suas costas, arranjava uma desculpa qualquer para se virar e descobrir se estavam debochando dele. Numa dessas ocasiões, surpreendeu Olaf esfregando um dos olhos com força. Seria gozação com seu tapa-olho? Mais tarde, Moritz cochichou alguma coisa ao ouvido de Minna. Lá da sua carteira, Franz teve a impressão de que a menina tinha dito algo parecido com "o olho". Mas quem sabe não tinha dito "piolho" ou "eu escolho" ou... como descobrir? De um lado a outro da sala circulavam os bilhetinhos de sempre. Franz acompanhava o trajeto daqueles papéis, superaflito, imaginando que continham gozações terríveis sobre seu olho... ou desenhos? Ou então apelidos horríveis como "o ceguinho" ou "o caolho"? Lá em seu antigo lugar, na quarta fila, a idiota da

Berta conversava sem parar com todos os colegas que estavam por perto.

Naquele dia, Franz voltou para casa sozinho, de ônibus, com a cara enfiada nas páginas do livro de ciências para esconder o tapa-olho.

— Oi, Franz — disse o pai ao vê-lo. — Como foi na escola? Algum problema com o tapa-olho?

— Nenhum — respondeu Franz, com amargura. — Foi um dia genial. Fantástico.

— Não disse? — replicou o pai, distraído. — Quem ia se importar com isso?

— Exatamente — murmurou o menino. — Ninguém se importou mesmo.

CAPÍTULO 3

Encontro secreto no banheiro do terceiro andar

Em poucas semanas a vida de Franz mudou completamente. O menino logo se cansou de ser o último a ser escolhido para o time de um jogo qualquer. De ficar para atrás nas escadas porque não conseguia descer correndo sem tropeçar. De ver que ninguém guardava lugar para ele no refeitório. Daqueles olhares disfarçados para o tapa-olho quando falavam com ele. Virou um garoto arredio, desconfiado. Andava de cabeça baixa, como se procurasse alguma coisa que tivesse perdido. E nas aulas se concentrava no quadro-negro, sem prestar atenção a mais nada.

Mas o pior mesmo era durante o recreio. Franz nunca tinha se entediado tanto na vida. Um recreio chato é mais assustador que três tempos seguidos de aula de gramática. Pior do que ouvir um concerto de gaita do começo ao fim e pior do que uma tarde inteira com jogos de tabuleiro. É a chatice em estado puro, uma chatice mortal. Um assassino ousado poderia matar suas vítimas de tédio usando qualquer um desses métodos (inclusive o jogo de tabuleiro, claro), e ninguém jamais poderia descobrir seus crimes.

Para sobreviver ao tédio, Franz descia para o recreio com o caderno e, sentado num canto, enchia páginas e mais páginas com desenhos de monstros e carros de corrida. À sua volta, centenas de crianças corriam, brincavam de pega-pega, brigavam, gritavam e se embolavam no chão do pátio. Mas nem todas. Aos poucos, lá do seu cantinho, Franz começou a reparar que havia outras crianças ocupando outros cantos. A distância, por trás dos grupos que jogavam futebol ou brincavam de pique, vários alunos passavam o recreio sentados, fazendo desenhos na areia, repassando a lição de história ou simplesmente vendo as nuvens passarem no céu. Franz não conhecia todos eles, mas dava para perceber que, de uma forma ou de outra, tinham algo especial.

Numa quina da parte coberta, ficava geralmente um menino com um aparelho tão gigantesco nos dentes que parecia até que ia saltar de sua boca. Em geral, brincava com uma bolsinha de couro cheia de bolas de gude. A menina de moletom cor-de-rosa também ficava brincando, mas com umas tampinhas de garrafa. Ela tinha o cabelo seco e embaraçado como uma vassoura velha e usava umas meinhas de cores horríveis com sandálias. Atrás da casinha do jardineiro se escondia um nanico cabeçudo do terceiro ano, que ficava o tempo todo apertando as teclas de uma calculadora, multiplicando sabe-se lá o quê. Jakob, o nerd, sentava com um livro perto da grade dos fundos. E tinha também a menina que brincava com a Barbie careca, o garoto que parecia sempre doente e que tinha manchas nas pernas e aquela outra menina que falava desafinado... Se os outros encontrassem gente suficiente para formar equipes de basquete, até Holger e Emily passariam o recreio sentados, lanchando em silêncio.

Franz abandonou os monstros e os carros e começou a desenhar no caderno um mapa bem grande e detalhado do pátio do recreio, assinalando com pontos coloridos os lugares exatos que eram ocupados pelos alunos esquisitões. Depois percebeu que cada um daqueles cantos parecia pertencer a um único inquilino e que este nunca o dividia com ninguém. Se algum deles faltava à escola, o seu cantinho ficava deserto e silencioso durante aquele dia, como um ninho abandonado. Misteriosamente, esses esquisitões também não conversavam uns com os outros. Às vezes, quando não tinha nada melhor para fazer depois de terminar os deveres de casa, Franz abria o mapa em cima da cama e ficava refletindo sobre todas essas coisas.

Uma quinta-feira, quando faltavam apenas cinco minutos para o fim do recreio, Franz terminou sua obra de arte. O mapa acabou tendo mais pontos coloridos do que ele tinha imaginado. O menino estava orgulhoso de seu trabalho. Uma voz rouca lhe deu um susto:

— Está faltando um detalhe.

Era Jakob, o nerd. Mas não estava olhando para ele. Ficou apoiado na parede, fingindo limpar as lentes grossas dos óculos.

— Falou comigo? — perguntou Franz.

— Falei, mas não olhe para mim. Disse que estava faltando um detalhe no seu mapa.

— Que detalhe?

— *Falta desenhar você mesmo* — respondeu Jakob, sempre olhando para o pátio. — Você é tão diferente quanto eles. De qualquer jeito, é um bom mapa. Melhor que os meus.

— Você também desenha mapas?

Naquele momento tocou o sinal e todas as brincadeiras do pátio se interromperam de repente. O nerd pareceu estar ficando impaciente.

— Não posso ficar aqui. Escute... Não, não olhe para mim. Estou procurando pessoas como você para organizar umas coisas. Não olhe para mim!

— É difícil falar desse jeito! Organizar o quê?

— Um lugar onde você não precise ter vergonha do tapa-olho.

— Juro que não estou entendendo.

— Você vai ver, mas acho que isso interessa a nós dois. Se topar, me espere amanhã às dez pras cinco no banheiro do terceiro andar, aquele lá no final do corredor.

— Mas às cinco fecham o colégio...

— Não para todos. Agora vou andando. Não olhe para mim! — Jakob começou a andar em direção à entrada, mas quando passou perto de Franz se agachou como se estivesse amarrando o sapato. — Sei que não está entendendo nada, mas confie em mim. Em nós. Não vai precisar mais passar o recreio desenhando monstrinhos. Até logo, Franz.

"Você é tão diferente quanto eles", foi o que disse Jakob. Que diabos queria dizer com aquilo? Como ele seria diferente? O nerd insinuou que tinha alguma coisa a ver com seu tapa-olho. Mas ninguém passa a ser diferente por causa de um pequeno tapa-olho que cabe na palma da mão... ou passa? Seria possível que aquele minúsculo adesivo tivesse o poder de transformar alguém? Existia um "Franz com tapa-olho" e um "Franz sem tapa-olho"?

Seus pais não puderam deixar de perceber que Franz estava muito pensativo na hora do lanche. Quando o menino, distraído, passava geleia em seu sanduíche de mortadela com azeitona, o pai lhe disse:

— Tenho a sensação de que sua cabeça está muito longe, Franz.

— Vocês acham que sou normal?

— Você faz cada pergunta esquisita! — disse a mãe. — Claro que você é normal.

— Então vocês acham que sou igual aos outros?

— Tão bom quanto qualquer um. Alguém aprontou alguma coisa com você, filho?

— Não — respondeu Franz, baixando os olhos.

— Ou seja, sou exatamente igual a qualquer outro.

— Exatamente igual — afirmou a mãe.

— Então, qualquer pessoa poderia me substituir. Qualquer pessoa poderia ser Franz Kopf.

Os pais pararam de mastigar e arregalaram os olhos. Franz tinha chegado a uma conclusão muito estranha. Janika, que remexia em uma caixa de biscoitos no armário procurando um que lhe agradasse, não perdia uma palavra da conversa.

No dia seguinte, Franz demorou o máximo que pôde no final da aula de história para ser o último a sair da sala. Foi pegando um a um os cadernos, os livros e os lápis, e foi botando tudo bem arrumadinho na mochila. Quando enfim se viu sozinho, saiu da sala e, em vez de descer a escada, subiu bem de mansinho até o terceiro andar. Um corredor solitário e silencioso o levou ao banheiro. Jakob foi esperto ao escolher um lugar assim tão afastado.

Franz parou diante do banheiro dos meninos, empurrou a porta com todo cuidado e entrou. Três pias, três privadas em cabines com portas verdes e cheiro de esgoto, como em todos os outros banheiros do colégio. Mas aquele parecia especialmente abandonado. No entanto, quando entrou e fechou a porta, teve a estranha impressão de que de algum lugar vinha um murmúrio abafado, como se alguém estivesse respirando bem baixinho.

— Oi — sussurrou.

Nenhuma resposta. Franz se aproximou da primeira cabine e puxou a porta. Normalmente, nos filmes de terror, o personagem precisa abrir duas ou três portas antes de encontrar alguma coisa que o faça gritar. Franz não precisou esperar tanto.

— *Aaaaaaaaaaaaaahhhhhhhh!* — O garoto respirou fundo para encher os pulmões que de repente tinham ficado inteiramente vazios. — Mas... mas o que vocês estão fazendo aí?

Equilibrando-se sobre a privada, três meninos o observavam, pálidos como cadáveres. Estavam tão assustados quanto ele. Franz logo os reconheceu porque todos apareciam em seu mapa de gente esquisita. Eram nada mais nada menos que o garoto com ar de doente e manchas nas pernas, o garoto do aparelho nos dentes e o gago do último ano, que se desculpou ao descer da privada.

— A-a-a-a-chamos que-que-que e-e-e-ra o-o-o ze-ze-ze-lador.

Das duas outras portas surgiram então mais sete crianças (três de uma e quatro de outra). Todos eram velhos conhecidos do mapa de Franz, embora ele só conhecesse o gordo Holger pessoalmente, que lhe sorria, todo simpático.

— Oi, Franz — disse ele em voz baixa. — Não sabia que ia ter mais gente da nossa turma.

— Oi, Holger — respondeu Franz. — Você sabe o que estamos fazendo aqui?

Da porta alguém respondeu em tom grave:

— Estamos a ponto de fazer história.

Franz se virou de cara feia. Se decidisse afinal continuar com aquilo, ia ter que explicar a Jakob que não gostava nada de ser surpreendido pelas costas. Muito menos com uma frase tão brega como aquela.

CAPÍTULO 4

Jakob expõe a sua ideia

Quando saíram do banheiro, as luzes do prédio já tinham sido apagadas e o colégio inteiro estava às escuras.

— Isso significa que o zelador já foi embora — murmurou Jakob. — Esperem um momento.

Entreabriu a porta do banheiro das meninas e assobiou baixinho. Imediatamente surgiu outro grupo estranho, dessa vez formado exclusivamente por garotas: Emily, a giganta, uma menininha bochechuda do terceiro ano, a garota do moletom cor-de-rosa e cabelo crespo, a que tinha a Barbie careca (que estava bem apertada junto ao peito como se alguém fosse roubá-la)... Os meninos e as meninas ficaram se olhando sem dizer uma palavra. Jakob não deu qualquer explicação, mas com um gesto mandou que o seguissem. Vinte e três crianças saíram pela escuridão do colégio num silêncio quase absoluto. Tudo que se podia ouvir era o barulhinho de um ou outro aparelho de dente.

Jakob foi guiando o grupo escada abaixo até o térreo. Realmente a salinha do zelador já estava vazia. O nerd deu a volta e foi se dirigindo para um corredor dos fundos, com passos decididos. Do lado esquerdo, uns degraus de concreto desapareciam nas sombras. Pelo que Franz sabia, aquela escada só levava à sala das caldeiras e ao depósito de material escolar. Jakob foi descendo. Parecia se orientar sem a menor dificuldade naquele labirinto.

Deixaram várias portas para trás, até que seu guia parou diante de uma grande, pintada de vermelho. Os que vinham atrás dele resmungaram, impacientes. Jakob enfiou a mão no bolso e pegou uma chave grande e pontuda.

Girou a tal chave na fechadura e... claque!, a porta se abriu. Era evidente que aquilo ali não era um simples depósito. Muito menos uma sala de caldeiras.

Estavam num lugar bem amplo, com janelas tão altas que era absolutamente impossível espiar por elas. Por causa da sujeira, a luz que passava pelas vidraças era suave e esverdeada, como a de um aquário. O chão estava forrado de tatames desbotados. Num canto, se amontoavam um velho cavalo de ginástica só com três pernas, alguns bancos, um trampolim todo quebrado e vários bambolês quebrados. Aquilo parecia até os restos de um grande animal pré-histórico. E tudo, absolutamente tudo, estava coberto por uma camada de poeira de vários centímetros de espessura.

Holger soltou um assobio de admiração.

— O antigo ginásio!

Nem mais nem menos. Dizia-se no colégio que, antes da inauguração do moderno ginásio do segundo andar (com chuveiros individuais e piso de borracha reforçada), os antigos alunos utilizavam umas instalações esportivas muito antiquadas, que acabaram fechadas por serem consideradas perigosas. E pelo visto não era só uma lenda.

— Como sabia que isso ficava aqui? — sussurrou Franz.

— Não sabia. Passei um tempão fazendo cálculos. Somei o tamanho de todos os cômodos deste andar e as contas não batiam, ficava faltando espaço de um lado. Foi assim que comecei a achar que no fim das contas o velho ginásio devia existir mesmo. Só precisava encontrar essas janelas pelo lado de fora. Elas dão para os fundos do pátio, no meio daqueles arbustos. Talvez eles tenham sido plantados para que ninguém pudesse encontrá-las.

— E a chave? Também foi com cálculos que você conseguiu a chave?

— Ah, essa é uma outra história. Nós, nerds, também podemos ser homens de ação.

Franz se calou, impressionado. Nunca tinha ouvido um nerd chamar a si mesmo de nerd.

— Sentem-se onde puderem, por favor — gritou Jakob, e as crianças começaram a se acomodar na sala, erguendo verdadeiras nuvens de poeira.

Franz se sentou com as pernas cruzadas num tatame duro e esfarrapado. Ao seu lado estava a menina de moletom cor-de-rosa e sandálias, olhando para a frente com uma expressão sonhadora. Aproveitando a luz, Franz deu uma boa olhada no restante do grupo.

Crianças com óculos como os de Jakob, parecendo corujas gigantes. Crianças com aparelho nos dentes, com voz esganiçada ou rouca, com dentes quebrados ou grandes como os de um coelho, com orelhas de abano, parecendo um armário de portas abertas. Crianças que coçavam o pescoço e a cabeça furiosamente, como se a vida delas dependesse disso, e outras com a cara tão cheia de espinhas que pareciam rodelas de salame. Havia os gordos, os esquisitos, os tronchos, os malvestidos. Havia um pouco de tudo, embora Franz não tenha visto nenhum outro tapa-olho além do seu. Todos se remexiam, davam palpites e tossiam por causa da poeira. "Será que Jakob quer montar um circo?", se perguntou o menino. Finalmente o barulho foi diminuindo e todos ficaram olhando para Jakob, que consultava um caderninho. Percebendo que todos tinham se calado, o garoto ergueu os olhos, engoliu a saliva, piscou algumas vezes e começou a falar:

— *Sejam bem-vindos, meninos e meninas.* Meu nome é Jakob. Antes de mais nada... muito obrigado por terem vindo. Não imaginei que seríamos tantos no primeiro encontro. Estou vendo inclusive pessoas que pareciam desconfiar desta reunião, o que é uma grande esperança para o meu projeto. Ou melhor, para o nosso projeto. — Engoliu mais uma vez e consultou o caderninho.

Franz teve a impressão de que Jakob tinha olhado para ele por uma fração de segundo quando se referiu às pessoas que "pareciam desconfiar" da tal reunião, mas não tinha certeza. Jakob prosseguiu:

— Em segundo lugar, devo dizer que... que... — o menino pareceu hesitar por um instante. — Ehhhhh... Que tudo isso me deixa muito envergonhado! É, envergonhado! Todo dia no recreio vejo o triste espetáculo de dezenas de crianças como vocês metidas num canto, chateadas e isoladas do restante dos alunos. Dezenas de crianças implorando para serem escolhidas para uma partida nojenta de futebol ou de basquete. Dezenas de crianças que sentam sozinhas no refeitório e são bombardeadas com bolinhas de miolo de pão por todo lado. E aí eu pergunto: por quê?

Todos ficaram de orelha em pé. Havia determinação nas palavras de Jakob e um brilho especial atrás dos óculos fundo de garrafa. Franz nunca tinha ouvido ele falar assim em aula. Na verdade, praticamente nunca tinha ouvido ele falar.

— Digam-me por quê! Digam-me por que temos que aguentar que fiquem o tempo todo nos chamando de "debiloides", "sacos de banha", "anões sujos", "bobocas", "ratos fedorentos", "cabelos de arame" ou "dentes de coelho"! Alguém pode me explicar por quê!?

Ninguém ousou responder. Alguns tinham ficado com as orelhas vermelhas e os olhos pregados no chão. Um garoto do segundo ano mordia o lábio inferior, como se estivesse tentando conter as lágrimas. Jakob tirou os óculos e suspirou:

— Não quero deixar vocês tristes. Sei muito bem o que é isso. Comecei a usar óculos com 5 anos. Naquele instante, deixei de ser Jakob Braun. Tinham me dado um novo nome: Quatro-olhos. E tudo por causa destas lentes insignificantes — acrescentou, sacudindo os óculos diante de seu público. — Durante muitos anos amaldiçoei os meus óculos. Uma vez, cheguei até a pisar neles e disse depois que um caminhão tinha passado por cima. — O menino balançou a cabeça como se quisesse espantar aquela lembrança. — Agora percebo que os pobres dos meus óculos não tinham culpa de nada. Pisar neles era... como pisar em mim mesmo.

Inesperadamente, Emily se levantou e disse aos outros, toda emocionada:

— Sou... sou a Girafa da turma desde os 9 anos.

— Muito bem! — disse Jakob, animando-a.

— E eu, Fritz, Li-li-lin-gua de-de-de tra-trapo des-desde os-os se-se-se-sete.

Outras vozes se uniram a esses primeiros:

— O meu irmão e os amigos dele me chamam de Alrnôndega.

— Desde que comecei a usar isto nos dentes, dizem que como os talheres em vez da comida.

— *E eu sou a vassoura!*

Franz olhou para a sua direita. Aquela voz era a da menina do moletom cor-de-rosa. Apesar do que acabava de gritar, estava sorrindo. Franz se sentiu na obrigação de dizer alguma coisa gentil:

— Não liga não. O seu cabelo é muito... ehhhhh... original.

— Obrigada. O seu tapa-olho é um charme. Você fica parecendo um robô.

Franz sentiu o rosto inteiro arder. Virou-se para Jakob.

— Qual é a sua ideia exatamente? — gritou, tentando se fazer ouvir, apesar do barulho.

Fez-se silêncio novamente. Todos olharam para Jakob, na maior expectativa.

— É muito simples. Já estou cheio de só reclamar. E vejo à minha frente um monte de gente que também parece não aguentar mais ficar reclamando. Por que temos que ficar cada um no seu canto lá no pátio? Venho me perguntando isso há meses. Finalmente resolvi falar desse assunto com alguém, e essa pessoa me garantiu que a única solução seria que todos nós, que já estamos cheios, trabalhássemos juntos.

Holger levantou a mão.

— Você está falando de uma espécie de associação?

— Exatamente! Uma associação. Uma sociedade que acabe com esses abusos. Um grupo ao qual recorrer sempre que tivermos algum problema por sermos diferentes.

— E você acha que o colégio vai deixar a gente formar alguma coisa assim?

— Não, cara, não seja inocente! Isso não é o clube de matemática nem o ateliê de trabalhos manuais. A sociedade teria que ser absolutamente secreta.

— Você disse que tinha comentado isso com alguém — interrompeu uma menina com a cara cheinha de espinhas. — Quem é essa pessoa e por que ela não está aqui?

— Por enquanto ela não quer aparecer. Mas posso garantir que é uma pessoa muito inteligente e tem ótimas ideias para o projeto. Não tenho dúvidas de que logo vai se juntar ao grupo.

Jakob respirou fundo e voltou a se esconder atrás dos óculos. Parecia satisfeito com o próprio discurso. Passaram-se alguns momentos desagradáveis de silêncio. Por fim, Fritz perguntou:

— Quer que-que a ge-gente res-po-pon-da a-a-go-gora mesmo?

— Ah... hummm... claro que não — respondeu Jakob, meio confuso. — Claro que não. Pensem nisso durante o fim de semana. Na segunda, durante o recreio, vocês me dão uma resposta.

CAPÍTULO 5

Os O.U.T.R.O.S.

Jakob foi guiando o grupo pelo pátio até a cerca dos fundos. Era exatamente o lugar onde o nerd ficava no recreio e, olhando de perto, dava para perceber uns cortes estratégicos na tela de arame.

— Passei semanas trabalhando com a lixa e os alicates. Foi duro, mas temos uma porta própria. Segredo garantido — disse, retirando um pedaço da tela. — Um por um, por favor, e bico calado. É melhor que não nos vejam juntos.

Os candidatos a membros da sociedade infantil mais secreta da história passaram por aquele buraco e desapareceram nas esquinas do bairro, como se fossem um bando de gatos de rua. Já Franz deu uma volta bem grande para ir para casa. Andar ia ajudá-lo a pensar. A reunião tinha sido muito esquisita.

Jakob falou bem e, o mais importante, impressionou o público. Mas será que aquelas crianças estariam dispostas a participar de um projeto tão absurdo como aquele? E ele, Franz, tinha motivo para se juntar ao grupo? Sua situação era difícil: entre os normais, tinha se tornado um garoto esquisito; mas entre os esquisitos, continuava se sentindo normal. Além disso, não tinha começado a usar tapa-olho aos 5 anos e também não tinha que aguentar insultos de ninguém. Ou pelo menos era o que acreditava.

Passou o fim de semana pensando no assunto, e na segunda de manhã ainda não tinha chegado a uma decisão. Durante o recreio, observou que lá no canto onde ficava Jakob foram aparecendo, um por um, e bem disfarçadamente, todos os que estiveram na reunião secreta. Estariam levando boas notícias? Ou más? Jakob fazia umas anotações no tal caderninho. A menina do moletom cor-de-rosa foi a última a chegar, correndo. Parecia sem ar. Enquanto falava com Jakob, levantou os olhos por um instante e surpreendeu Franz espiando lá de seu próprio canto. O menino então se levantou e foi para sua sala, cheio de dúvidas e sem saber o que fazer.

A sala ainda estava vazia. Franz se sentou em seu novo lugar da primeira fila, cruzou os braços sobre a carteira, e deitou a cabeça em cima deles como já tinha visto seus pais fazerem quando estavam preocupados. Foi então que o viu.

Alguém tinha feito um desenho a lápis bem no meio da mesa. Fosse quem fosse, devia ter levado um tempão fazendo aquilo. Era a cara de um menino sorridente e quase normal. A boca, o nariz, as orelhas, o olho esquerdo... tudo normal. Tudo menos o olho direito. Na verdade, no direito não havia um olho. O espaço estava vazio. Era apenas um buraco profundo de onde surgia um monte de aranhas e lagartas, que se arrastavam pela bochecha direita e desapareciam carteira abaixo. Pareciam reais. Era uma caricatura cruel, mas formidável, dele mesmo. E, sob o desenho, havia uma frase em letras bem grandes e bem nítidas:

FRANZ, O TORTO, TEM O OLHO MORTO.

O menino ficou com os olhos cheios de lágrimas. Quem teria sido capaz de desenhar aquilo? Respirou fundo e fez o maior esforço para compreender que, a partir daquele instante, ele também deixava de ser Franz Kopf. Tinham acabado de transformá-lo em outra pessoa. Em alguém chamado Olho Morto. Furioso, se levantou e saiu da sala. Foi andando pelo corredor como um robô, esbarrando nos alunos que voltavam do recreio. Perto da salinha do zelador, viu quem estava procurando: Jakob.

— Conte comigo, Jakob — sussurrou, emocionado. — Quero colaborar com a organização.

— Seja bem-vindo, Franz — respondeu o outro menino, em tom solene. — Tenho certeza de que você será muito útil.

— Quantos somos? — perguntou Franz, ansioso. — Dá para criar a organização?

Jakob sorriu. Os seus óculos refletiam as luzes fluorescentes do corredor.

— Você não vai acreditar, mas todos se inscreveram. Todos! Amanhã mesmo começamos a trabalhar. Prepare-se porque o trabalho vai ser duro.

Mais que duras, as primeiras reuniões da organização acabaram sendo exaustivas, um verdadeiro desastre. A maioria das crianças dava suas opiniões aos berros e discutia acaloradamente com o companheiro de tatame sem ouvir mais ninguém. Outros, em geral os menores, se distraíam e ficavam brincando com os bambolês, enquanto Jakob gritava, tentando pôr alguma ordem naquela bagunça. Franz, Emily, Holger e outros dos mais velhos tentavam ajudá-lo quase sem resultado. Pouco a pouco, porém, como normalmente acontece, as coisas foram se organizando. O velho ginásio foi limpo, arrumado e transformado em "Sala Oficial de Reuniões Secretas". O cavalo de ginástica virou um fantástico palco de onde se podia falar ao público. E os bancos com os tatames se transformaram em poltronas bem confortáveis.

Todos achavam que era urgente encontrar um nome que os unisse e representasse seus interesses. Uma tarefa que parecia tão fácil acabou se estendendo por vários dias. Muitos, muitíssimos nomes foram propostos. Uns mais poéticos como "A Tribo Selvagem", outros mais práticos como "Sociedade para Defesa do Aluno Excluído". Alguns soavam sinistros como "Os Ratos do Esgoto", e outros pareciam convencidas demais, como "Os Justiceiros". Por incrível que pareça, foi aquele garoto que andava para cima e para baixo com a calculadora que resolveu o problema. Uma tarde, já cansado do tempo que vinham perdendo com essa história do nome, Jakob disse:

— Tem que ser um nome curto, mas que ao mesmo tempo diga tudo sobre nós. Que diga que somos diferentes, que não somos como todo mundo, que somos "os outros".

— Mas "os outros" não diz muita coisa — replicou Emily, pensativa.

— Organização Ultrassecreta de Talentos Raros, Originais e Surpreendentes — murmurou o menino da calculadora, depois de refletir por um instante.

— O que foi que você disse?

— *O.U.T.R.O.S.* Organização Ultrassecreta de Talentos Raros, Originais e Surpreendentes. Ou Solitários. Ou Superpoderosos.

Jakob sorriu. Já tinham um nome. Seriam os *O.U.T.R.O.S.*

Numa sociedade secreta é imprescindível falar sempre em código para não ser descoberto. Todos juraram solenemente nunca usar os nomes verdadeiros dos membros da organização. Esqueceram os que já sabiam e se dedicaram à tarefa de construir novas identidades. Jakob Braun já não era Jakob Braun, mas também não era o Quatro-Olhos nem o nerd. Dentro dos *O.U.T.R.O.S.* passou a se chamar Toupeira, porque, com aqueles óculos que até pareciam lupas, dizia ser capaz de ver melhor no escuro do que qualquer pessoa normal. Ninguém duvidou dessa afirmação.

Os que usavam aparelho adotaram nomes como Caninos de Aço e Come-Ferro. Emily passou a se chamar simplesmente a Torre, em homenagem à sua altura. Holger era agora Calibre Triplo, e Fritz, o gago, Triturador. De uma forma ou de outra, todos os nomes faziam referência ao que tornava cada um deles diferente, coisa que dentro dos *O.U.T.R.O.S.* não era mais motivo de vergonha, mas sim de orgulho. Na sua imaginação, viam-se como uma espécie de bando de crianças-robôs, metade máquina, metade seres humanos, capazes de conquistar a Terra, se decidissem fazê-lo. Franz escolheu o nome Olho de Cobra. Mandou fazer um novo tapa-olho na farmácia e, com um pilot verde, desenhou ali um olho de pupila estreita como a de uma serpente. Esse tapa-olho secreto era usado exclusivamente durante as reuniões, e dava a Franz um ar selvagem e desalmado. Já não ligava a mínima se o chamassem de Olho Morto; o seu novo olho de cobra estava bem vivo.

Todos dedicaram horas e horas à invenção da nova identidade. Era algo que tinha de ser bem trabalhado e tratado com delicadeza, como uma obra de arte. Alguns deles estavam tendo dificuldade em se decidir. Um dia, na fila do refeitório, Franz viu que na sua frente estava a menina do moletom cor-de-rosa, cujo nome verdadeiro não sabia (nem devia saber). Ela estava rabiscando umas palavras num caderno. Vira e mexe riscava algumas e ficava relendo o restante com ar pensativo. Franz espiou por cima do ombro dela: Juba de Arame, Bruxa Rosa, Crina Elétrica. Embora fosse terminantemente proibido os membros do grupo se falarem fora das reuniões, Franz se atreveu a sussurrar:

— Que tal Arrepiante? É mesmo de arrepiar!

A menina sorriu sem olhar para ele. Agora tinha o nome que tanto procurava.

A verdade é que a proibição de qualquer comunicação dificultava muitíssimo os contatos entre os membros do grupo. As crianças passavam o dia inteiro mordendo a língua quando cruzavam com os companheiros na porta da escola, no pátio, na escada ou até mesmo dentro da sala de aula. Não podiam se cumprimentar nem sorrir. Recomendava-se, inclusive, que eles não se olhassem. A regra era: "Faça de conta que não conhece os *O.U.T.R.O.S.*"

Por isso, os contatos dentro da organização eram feitos graças a um engenhoso serviço de correio inventado por Emily (quero dizer, a Torre). Ela era uma leitora incansável e conhecia a biblioteca da escola como a própria casa. Com a maior paciência, saiu procurando os trinta livros mais chatos do catálogo; os trinta livros que ninguém jamais pegava emprestado e que há anos vinham acumulando poeira nas estantes: *Aprenda a manter suas contas em dia*, *Guia dos bailes regionais*, *Manual do perfeito advogado* e muitos outros. Depois, atribuiu um livro a cada membro do grupo. Se alguém quisesse transmitir uma mensagem a um companheiro, só precisava deixar um bilhete dobrado entre as páginas do livro correspondente. Os livros se transformaram assim em fantásticas caixas de correio particulares. Disfarçadamente, todos revistavam o seu, esperando encontrar alguma correspondência. Para muitos, aquilo tinha se tornado uma espécie de jogo formidável.

Para Franz, os *O.U.T.R.O.S.* acabaram sendo, além de tudo, uma organização extraordinária, onde as pessoas pareciam se transformar por completo. Por exemplo, Holger, o gordo, era um garoto ágil e resistente, que sempre parecia estar no lugar certo, na hora certa. E não era só ele. Fritz, o gago, aprendeu a fazer discursos longos e furiosos, sem que sua língua travasse uma única vez. Até o próprio Franz sentia que seu olho preguiçoso funcionava melhor naquela luz esverdeada do velho ginásio.

Mas talvez a mudança mais espantosa tenha sido a de Jakob. Por trás daqueles óculos de nerd, Franz descobriu um garoto esperto, brincalhão e sonhador. O líder perfeito para o grupo. Foi exatamente ele quem propôs a elaboração de um Regulamento Geral para a organização. Depois de muitas votações bem complicadas, ficou decidido que os *O.U.T.R.O.S.* seria uma organização de auxílio e colaboração, não de vingança. O regulamento acabou se resumindo a cinco regras, que todos juraram cumprir:

1. **O.U.T.R.O.S.** é uma organização que dá apoio aos alunos que se sentem diferentes.
2. Nenhum membro deve jamais revelar a existência dos **O.U.T.R.O.S.**
3. A organização está acima de qualquer outro interesse ou atividade de seus membros.
4. Entre os **O.U.T.R.O.S.**, nenhum membro é mais importante que os demais.
5. Qualquer membro que insulte um companheiro será expulso imediatamente.

No dia seguinte à aprovação do regulamento, Jakob trouxe um recado do tal membro misterioso, que continuava colaborando com a organização, mas às escondidas. O recado dizia que o regulamento lhe parecia excelente, mas que era preciso acrescentar um sexto artigo:

6. A vingança se justifica no caso de um integrante dos *O.U.T.R.O.S.* ser alvo de uma ofensa grave, com intenção de magoar, e por puro divertimento.

Uma menina se levantou de seu lugar.

— Acho que o que... Como devemos chamar esse membro misterioso, Toupeira? — perguntou ela.

— Ah, claro! — exclamou Jakob. — O seu codinome vai ser Víbora.

Franz ficou espantado. Com ele, já eram duas cobras no grupo. A menina prosseguiu:

— Como eu ia dizendo, acho que o que Víbora propõe é muito justo.

Passaram à votação. O artigo sexto foi aprovado por maioria esmagadora.

CAPÍTULO 6

Um triste espetáculo

Fazer parte dos *O.U.T.R.O.S.* era, portanto, uma tarefa difícil e emocionante. Tudo tinha que ser construído desde o início: as leis e os códigos secretos, os nomes falsos e os locais de encontro. Era como estar diante de um universo recémnascido: os *O.U.T.R.O.S.* precisavam inventar novas normas para criar um novo mundo.

Por outro lado, alguns membros reclamavam, dizendo que a organização ainda não tinha realizado nenhuma missão efetivamente ambiciosa ou arriscada. Até então, as pequenas tarefas que iam surgindo eram repartidas entre os grupos.

Havia, por exemplo, a Comissão de Rastreamento, encarregada de procurar novos membros entre as crianças menores para lhes oferecer refúgio e proteção. Um dia, a menina do moletom cor-de-rosa entrou na Sala Oficial de Reuniões Secretas trazendo um menininho pela mão. Ele devia ter uns 6 anos. Estava com o nariz irritado de tanto assoar e duas lágrimas lhe escorriam pelo rosto. Usava uns óculos com uma das lentes quebrada preso na cabeça por um elástico. A menina perguntou ao Toupeira se o menino podia ficar apesar de ser tão pequeno. Jakob o fitou, emocionado, e disse que ele seria bem-vindo desde que fosse capaz de ficar de boca fechada.

Havia também a Comissão de Fugas. Era comum esse grupo ter que partir para a ação, principalmente se havia algum valentão metido na história. Os valentões implicavam com alguns meninos da organização e muitas vezes ameaçavam pegá-los na hora da saída. Adotava-se, então, a estratégia de "despistar e fugir". Um membro mais treinado se encarregava de distrair o valentão na porta de sua própria sala. Por sorte, esses sujeitos em geral não eram muito espertos e bastava falar de seu time de futebol favorito para eles esquecerem o que estavam fazendo ali. Enquanto isso, outros membros do grupo escoltavam o refugiado até a porta secreta da cerca dos fundos por onde ele saía são e salvo e podia ir para casa. Essas fugas eram muito comemoradas, mas não eram uma solução definitiva para o problema dos valentões.

A Comissão de Vigilância do Recreio era formada por alunos mais velhos, que patrulhavam o pátio, passando pelos cantos estrategicamente escolhidos de acordo com o mapa desenhado por Franz. Os vigilantes fingiam estar interessadíssimos em seus sanduíches, mas se alguém se aproximasse de um dos alunos menores com más intenções eles iam chegando mais perto, bem disfarçadamente. Em um minuto o possível agressor se via cercado por cinco ou seis patrulheiros que, como quem não quer nada, ficavam só olhando, sem dizer uma palavra, com uma expressão ameaçadora e segurando seus sanduíches como se fossem porretes. O agressor dava meia-volta tentando não parecer assustado. Holger era sem dúvida o vigilante que mais impressionava. E tinha o maior orgulho disso. Agora já não dava a mínima bola se alguém o chamava de Bundão ou Baleia.

Embora o artigo quarto do regulamento (que determinava que todos os membros eram iguais) fosse cumprido ao pé da letra, alguns logo se destacaram por sua habilidade para organizar o grupo. Um deles foi Olho de Cobra: usando o tapa-olho de serpente, Franz corria de uma comissão a outra, dando ideias, tomando notas e pondo ordem nas coisas. Todos o seguiam e lhe pediam conselho. O menino reclamava, dizendo que eles eram uns chatos, mas, com tantas ocupações, foi esquecendo que não era feliz. Passava tardes inteiras trancafiado no quarto, fingindo estudar matemática, e dedicando-se a traçar um montão de planos novos para os *O.U.T.R.O.S.*

Fazia tempo que Janika não aparecia para encher a paciência. Talvez por isso Franz tenha ficado tão preocupado com o que aconteceu uma tarde de junho, quando ele voltava da biblioteca. Os seus pais cochilavam tranquilamente na sala de jantar e, por isso, ele foi andando na ponta dos pés pelo corredor até o quarto. O que mais o surpreendeu não foi que seu quarto estivesse fechado, mas que o de Janika estivesse aberto. Aberto e vazio. A irmã nunca se esquecia de fechar a porta... E, se o resto da casa também estava vazio, isso significava que... Droga! Franz se agachou e colou o olho destapado na fechadura. As portas da casa eram antigas e tinham fechaduras grandes que eram perfeitas para espionagem. De fato o quarto dele não estava vazio. Janika estava remexendo em sua escrivaninha. Que diabos estaria procurando? A menina continuou ali por mais alguns minutos e, então, foi se dirigindo para a porta. Franz só teve tempo de se esconder no banheiro. Assim que saiu dali, foi direto para o quarto examinar o móvel. Tudo estava em ordem, nada parecia ter sido mexido. Nada... a não ser o tapa-olho de serpente. Franz costumava guardá-lo de cabeça para baixo numa das gavetinhas da escrivaninha. Agora, porém, aquela pupila verde ameaçadora estava virada para cima e parecia encará-lo com ar maligno lá do fundo da gaveta. Janika tinha descoberto seu tapa-olho secreto!

Franz teve vontade de se dar umas boas bofetadas por não ter procurado um esconderijo melhor. Se sua irmã resolvesse descobrir o que existia por trás daquilo, conseguiria. Era capaz de qualquer coisa só para implicar com o irmão. Ela daria com a língua nos dentes e a organização inteira ia desmoronar como um castelo de cartas. O que o menino não sabia era que logo, logo a organização ia ter que tratar de assuntos muito mais graves que aquele.

Na manhã seguinte, a patrulha da Comissão de Vigilância estava trabalhando no recreio sob um sol abrasador, raríssimo no mês de junho. Holger bocejava à sombra de uma árvore, comendo, sem muita vontade, seu sanduíche. Deu uma olhada ao seu redor. Os alunos mais velhos suavam nas quadras de esporte e os mais novos rolavam pela areia, sem imaginar que à sua volta os membros de uma poderosa sociedade secreta vigiavam cada um de seus movimentos. Tudo parecia estar em ordem. Percebeu então que alguém se aproximava, correndo com elegância. Era Linda, a estrela do basquete, a melhor capitã da equipe, uma das meninas mais populares do colégio.

— Oi, Holger, pode vir aqui rapidinho? — perguntou a menina, exibindo o seu melhor sorriso, enquanto ajeitava graciosamente a franja.

Holger ficou nervoso. Não devia abandonar seu posto sob nenhum pretexto.

— Sinto muito, Linda. Agora não posso. Estou... estou... Agora não dá.

— Ah, Holginho, por favor. Aconteceu uma coisa quando eu estava treinando os arremessos de três. Preciso de alguém que seja muito forte. E você anda muito forte ultimamente.

Holger, que tinha emagrecido uns quilos e se sentia com mais energia que nunca, ficou todo orgulhoso

81

— O que você quer que eu faça? — perguntou, tentando engolir um pedaço do sanduíche que já estava mastigando havia algum tempo.

A menina o levou pela mão até a quadra de basquete. A bola de Linda tinha ficado presa no aro quebrado da cesta. Há séculos que os alunos vinham reclamando, pedindo que consertassem aquela cesta. Holger entendeu o que a menina estava lhe pedindo.

— Não sei se consigo chegar até lá, Linda.

— Claro que consegue — respondeu ela, piscando os olhos com aqueles longos cílios bem pretos.

Holger sorriu, cuspiu nas mãos e se agarrou nas barras de ferro da cesta. Foi subindo ali com a maior facilidade. Da outra ponta do pátio, Franz viu a cena e ficou se perguntando que diabos Holger estaria fazendo passeando lá nas alturas como um orangotango. Infelizmente, não deu a devida importância ao que via.

Por fim, Holger alcançou o aro. Com o punho fechado, deu um soco na bola, que foi parar direto nas mãos de Linda. O problema é que agora ele não sabia como descer dali. A armação da cesta balançava perigosamente.

— Linda, me ajude a descer — pediu ele.

Nunca se soube se o que Linda fez em seguida tinha sido planejado ou se foi uma ideia que veio de repente ao ver o coitado do Holger pendurado no aro. Mas a questão é que ela fez. Enquanto o garoto balançava ali, ela agarrou uma das pernas da calça dele e deu um puxão. O cinto de Holger cedeu uns centímetros.

— *O que está fazendo!?* — gritou o menino, deixando cair grandes gotas de suor no chão da quadra.

Linda não conseguia nem responder porque estava tendo um inacreditável acesso de riso. Continuou puxando a calça com toda força. Holger esperneava, desesperado.

A distância, e com um olho só, Franz não conseguia ver direito o que estava acontecendo, mas tinha a impressão de que não era nada bom. Fez então uma coisa que o doutor Winkel havia proibido terminantemente: levou a mão ao olho direito e arrancou o tapa-olho com um puxão. Aí pôde ver o que estava acontecendo.

Já que só puxando não estava conseguindo nada, Linda acabou se pendurando na calça de Holger. Os pés da menina balançavam a alguns centímetros do chão, e ela ria como uma maluca pendurada num trapézio. Holger continuava agarrado ao aro.

A essa altura, Franz e os outros patrulheiros já estavam correndo o mais depressa possível, mas não foi o bastante. Quando chegaram, a cesta já estava cercada por um monte de alunos atraídos por um triste espetáculo: Linda rolava de rir no chão, tentando enfiar as duas pernas numa das pernas da calça de Holger. O menino estava pendurado na cesta, de cueca, com um pé calçado e um descalço. Suas pernas brancas e gorduchas se agitavam no ar de um lado para o outro. As gargalhadas tomaram conta do pátio.

Foi um momento muito duro para Franz e os *O.U.T.R.O.S.* As normas diziam que em casos como esse os membros da organização não podiam se distinguir do restante dos alunos, o que poria seu segredo em perigo. Por isso, e muito a contragosto, os *O.U.T.R.O.S.* riram. Gritaram como todos os demais e fingiram dar gargalhadas até ficarem roucos. Mas por dentro juravam a si mesmos que iam vingar Holger. Iam vingá-lo nem que fosse a última coisa que fariam na vida.

CAPÍTULO 7

O artigo sexto

A assembleia extraordinária para debater o chamado "Episódio da Cesta" começou mais pontualmente que nunca. Não foi preciso impor ordem ao público nem chamar a atenção de ninguém. Todos ocuparam seus lugares em silêncio absoluto. Reinava certa sensação de fracasso no ambiente. Lá na frente, com as pernas cruzadas sobre o velho trampolim do ginásio, estava o próprio Holger, como principal testemunha. Tinha os olhos inchados e o queixo um pouco trêmulo. Jakob, o Toupeira, subiu no cavalo de três pés para dirigir umas palavras ao grupo.

— Estamos aqui reunidos — disse ele, e por trás dos seus óculos surgiu novamente aquele estranho brilho da primeira reunião — por causa da agressão cometida contra Calibre Triplo. Sócio-fundador dos *O.U.T.R.O.S.*, eficientíssimo patrulheiro da Comissão de Vigilância e, principalmente, um companheiro querido por toda a organização. Antes de começarmos, se ele concordar, gostaria de lhe dar um abraço em nome de todos os membros da organização.

Com aquele abraço emocionado entre Holger e Jakob começou uma das sessões mais importantes da organização. A questão a ser tratada era clara. Deviam decidir se era hora de pôr em prática o artigo sexto do regulamento. Foram feitas três votações seguidas: "Foi uma ofensa grave?", perguntou-se na primeira delas. O "sim" venceu por maioria absoluta. "Houve intenção de magoar?", perguntou-se na segunda. Nova vitória do "sim". "Linda fez o que fez só para se divertir?", foi a última pergunta. Não houve necessidade de contar os votos. Um "sim" estrondoso ressoou pelo ginásio.

Pois bem... que tipo de castigo deveriam dar a Linda? Isso não estava descrito no regulamento. Algumas crianças vieram com sugestões: pó de mico na maquiagem, ratos na carteira do colégio, formigas em seu sanduíche, um belo banho de tinta fresca ou um fantástico corte de cabelo surpresa. Em meio àquele bombardeio de ideias, Franz pediu a palavra e se dirigiu ao cavalo.

— Caros companheiros — começou ele —, vejo que todo mundo concorda em dar uma boa lição a Linda, mas acho que esses métodos que vocês estão propondo não vão ser muito úteis. O pó de mico ou os ratos seriam divertidíssimos e Linda ficaria chateada, mas só isso. Temos que conseguir que ela passe pela mesma situação que Calibre Triplo teve de passar.

— Você quer dizer... pendurá-la numa cesta? — perguntou alguém.

— O que quero dizer é que, pelo menos uma vez, Linda vai ter que se sentir tão diferente quanto um de nós.

— Impossível — replicou Emily —, Linda é a menina mais normal do mundo.

Franz virou-se para ela e cobriu o tapa-olho com a mão. As crianças prenderam a respiração. Com aquele gesto tão simples, Olho de Cobra tinha se transformado em outra pessoa.

— Olhem só para mim. Também já fui o menino mais normal do mundo. Inclusive poderia passar pelo menino mais normal do mundo agora mesmo — e tirou a mão que cobria o tapa-olho. — Mas é só um truque. Assim como tenho esse tapa-olho, Linda deve ter alguma coisa que a faça diferente, alguma coisa que sempre escondeu, e me ofereço como voluntário para descobrir o que é.

As crianças balançaram a cabeça, desanimadas; desde a pré-escola Linda sempre tinha sido a menina perfeita, por isso aquela história dos ratos na carteira parecia muito mais garantida. Nesse instante, alguém se levantou inesperadamente para ajudar Franz. Era Arrepiante.

— **Vou ajudar você, Olho de Cobra!** — gritou ela, assustando os que estavam ao seu lado. — Quer dizer... se você quiser. Também acho que essa menina tem que estar escondendo alguma coisa.

— E eu também — murmurou Holger, abrindo a boca pela primeira vez.

— Bem — disse Jakob —, já que Holger está de acordo, temos que tentar. Na semana que vem começam as férias. Se até quarta-feira vocês não tiverem descoberto nada, vamos ter que nos conformar com o pó de mico.

Com isso, Olho de Cobra e Arrepiante ficaram encarregados de investigar Linda durante uma semana. Prometeram que, se nesse período não conseguissem nada, comprariam com o próprio dinheiro três ou quatro quilos do pó de mico mais forte que encontrassem nas lojas.

Foi uma semana difícil. Embora tenham grudado nos calcanhares de Linda como se fossem a sua própria sombra, ela realmente parecia ser a menina perfeita. Não cuspia quando falava, não faltava às aulas, não comia doces para evitar as cáries, tirava boas notas em todas as matérias, não mastigava com a boca aberta e ia ao banheiro no intervalo entre as aulas para escovar o cabelo e mantê-lo brilhante.

— Já que nada indica que ela use peruca — comentou Franz —, tenho a impressão de que estamos perdendo tempo.

— Mas tem que haver alguma coisa! — replicou sua cúmplice. — O problema é que só podemos vigiá-la na sala e no refeitório... E assim fica difícil descobrir qualquer coisa.

E teriam continuado sem descobrir nada se alguém não tivesse lhes dado uma pista. E esse alguém foi uma pessoa absolutamente inesperada.

Aconteceu uma tarde, na casa de Franz. Toda a família estava trabalhando em silêncio na sala de jantar. Enquanto os pais verificavam uma pilha enorme de contas velhas, Franz lutava com os exercícios de estudos sociais.

— Filho — disse o pai —, não se esqueça de que na quinta-feira que vem você tem hora marcada com o doutor Winkel.

— Tá — respondeu o menino, sem prestar a menor atenção.

— Franz... ouviu o que eu disse?

— Tá — repetiu ele.

— Há quanto tempo não vai lá para uma revisão?

— Tá — disse Franz pela terceira vez.

— Franz!

Janika, que fazia os deveres encolhida num canto, disse, sem tirar os olhos do caderno nem o lápis entre os dentes:

— Sabe, papai, acho que ele está apaixonado pela Linda Himmel. Ultimamente, ele anda atrás dela o tempo todo — disse a menina. E, quando parou para respirar, fez um daqueles chiados esquisitos.

Franz ergueu os olhos, assustado.

— Linda Himmel? — perguntou o pai. — Quem é essa Linda?

— A menina mais popular do colégio — respondeu Janika. — Tem uns lindos olhos de cobra como os de Franz. Claro que ele não gostaria tanto dela se desse uma olhadinha em sua mochila de ginástica.

Linda Himmel? Olhos de cobra? Como Janika podia sempre saber de tudo? Franz a fulminou com o olhar. Ela sorriu e mostrava língua pra ele. Depois, pegou o lápis, o caderno, e saiu correndo pelo corredor. Todos ouviram uma porta batendo.

Agora Franz tinha certeza de que a irmã sabia demais. Mas tudo o que podia fazer era agir depressa. Se a organização tinha que desaparecer por causa de uma pestinha, que pelo menos fosse depois de terem vingado Holger. Mas, e aquela história da mochila de ginástica? Seria apenas um dos truques de Janika? Valia a pena tentar. O prazo para descobrir o segredo de Linda acabava dentro de algumas horas.

Como o material de ginástica ficava no vestiário das meninas, Franz teria que distrair Linda na porta para Arrepiante poder revistar sua mochila. E o menino sabia perfeitamente qual a melhor maneira de distrair alguém como Linda.

— Oi, Linda — disse ele, sorrindo, ao vê-la. — Caramba, como seu cabelo está brilhando hoje!

E não precisou dizer mais nada. Linda ficou encantadíssima ao ver alguém mencionar seu assunto favorito, mesmo que fosse um idiota de tapa-olho como Olho Morto. Começou a dar ao menino uma verdadeira aula, explicando como tinha que escovar o cabelo diariamente durante três horas depois de lavá-lo com uma mistura de creme de urtigas e água de chuva. Franz só balançava a cabeça, fingindo estar interessadíssimo.

Nesse meio-tempo, Arrepiante acabava de encontrar a mochila de Linda. Abriu o zíper, sentindo um frio no estômago de tanta emoção, e começou a revistar. Roupa para trocar depois da aula de ginástica, uma bolsa cheia de produtos de beleza, um espelho, uns pentes, um desodorante, uma toalha lilás bem macia com o nome dela bordado num canto... Aquela mochila não tinha nenhum segredo! Nem balas escondidas, nem fotos de Linda sem peruca, nada do que a menina tinha imaginado.

A última coisa que encontrou no fundo da mochila foi uma bolsinha plástica com os cordões bem apertados, que parecia conter apenas os sapatos de Linda. Arrepiante abriu aquilo por puro desespero, já que na verdade não achava que pudesse revelar nada de novo. E ainda bem que fez isso, porque senão o segredo de Linda teria ficado ali dentro para sempre. "Ah, então é isso!", disse a menina consigo mesma, olhando aqueles sapatos brilhantes. Agora entendia do que Janika estava falando. Contendo o riso, fechou a mochila e correu para salvar Franz das garras de sua inimiga, que continuava falando pelos cotovelos sobre suas marcas favoritas de xampu.

Foi exatamente naquela tarde que Franz entrou na biblioteca e deixou uma mensagem pessoal para Jakob nas páginas de seu livro. Nessa mensagem, comunicava o sucesso da missão e pedia que ele convocasse uma reunião urgente. Faltavam só dois dias para a festa de encerramento ao semestre, e não poderia haver melhor ocasião para fazer o que Franz tinha planejado. No fim das contas, um pouco de pó de mico não seria uma má ideia. Mas é claro que um pouquinho só já seria suficiente.

CAPÍTULO 8

O segredo de Linda Himmel

A festa de encerramento do semestre sempre acontecia no auditório do colégio. Na verdade, era injusto chamar aquilo de "festa". Todos os alunos tinham que ficar sentados, presos numas poltronas estreitas como latas de sardinha, enquanto o diretor fazia um interminável discurso de despedida. Depois, cada professor era obrigado a ir até o palco para dizer um monte de mentiras sobre seus alunos. Diziam como eram maravilhosos e como adoravam conversar com eles, quando na verdade passavam o ano inteiro chamando-os de "atrevidos malcriados" e tudo o que queriam era que eles saíssem de férias e não voltassem nunca mais. Finalmente, era servido um "bufê de frios". O tal bufê não era nada mais do que sobras da merenda da véspera, acompanhadas de suco de laranja em pó dissolvido em água. E nem tinha suco para todo mundo.

Aquele ano, porém, a festa ia contar com um espetáculo surpresa. Claro que só os membros dos *O.U.T.R.O.S.* sabiam disso. Há dias vinham discutindo loucamente, fazendo planos, trocando mensagens secretas e ensaiando para que tudo ficasse perfeito para o grande dia.

Agora já não dava para voltar atrás. Emily tinha desempenhado bem sua missão durante a aula de ginástica. Enquanto todos giravam até ficar enjoados, a menina fingiu que estava se sentindo mal e foi se refugiar no vestiário feminino. Lá dentro, despejou nos sapatos de Linda umas colherinhas do conteúdo de um potinho cor de laranja, que tinha escondido no bolso do casaco. Na etiqueta do tal potinho lia-se "pó de mico de efeito retardado. Eficácia máxima".

Aquela era a última aula do semestre, por isso, quando terminou, todos foram para o auditório. As grandes portas se abriram e, na maior correria, um monte de crianças se dirigiu para as poltronas. Linda Himmel procurou um bom lugar na quinta ou sexta fila. Quando enfim se sentou, percebeu, chateada, que estava entre Franz e Holger. Por que esses dois anormais tinham que ficar do seu lado? Será que o Baleia não tinha aprendido a lição com aquela história da cesta? E Olho Morto? Estaria querendo mais dicas para ter o cabelo brilhante? Evidentemente aquilo não tinha acontecido por acaso. Para o plano, era indispensável que Linda fosse vigiada o tempo todo. Sem que ela percebesse, todos os membros dos *O.U.T.R.O.S.* estavam de olho nela, como feras prontas para dar o bote.

Como sempre, o diretor abriu a comemoração com seu discurso chatíssimo e depois passou a palavra aos mestres: professor Danz, professora Nacht, professor Oster... Todos diziam mais ou menos a mesma coisa. Quando chegou a vez da professora Kruegel, Franz começou a ficar impaciente. O tal pó não estava demorando muito para fazer efeito? Deu uma espiada em Linda com o canto do olho. A menina estava coçando o tornozelo disfarçadamente. "Mais para baixo, idiota", pensou Franz. "Mais para baixo." Como se tivesse escutado, Linda enfiou os dedos por dentro do sapato, tentando alcançar a sola do pé. Aparentemente as coisas não estavam lá muito boas para ela.

Em menos de dois minutos, a cara de Linda se contorcia em caretas horríveis, que às vezes pareciam de dor, às vezes de riso. Balançava os pés para um lado e para o outro, tentando inutilmente aliviar a coceira. Os alunos de sua fila já estavam começando a olhar para ela. Holger, que também não perdia nenhum detalhe do que estava acontecendo, não conseguiu se conter. Aproximou a boca do ouvido de Linda e sussurrou: "Acho que você vai ter que tirar os sapatos." Desesperada, a menina tentou sair dali, mas Franz e Holger bloquearam a passagem com as pernas. Não conseguindo mais aguentar, Linda não teve outra saída senão fazer a última coisa que gostaria de fazer: tirar os sapatos.

Vários dias depois, algumas crianças ainda juravam que tinha dado para ver uma nuvem verde subir dos pés de Linda e se espalhar pelo auditório. É impossível descrever com palavras o cheiro que subiu dali. Digamos que você prepare um purê com repolho recém-cozido, queijo mofado e xixi de gato; que mexa esse purê com uma meia suada e acrescente, então, um pouco de água de esgoto. Pois bem, comparada com o cheiro dos pés de Linda, essa mistura poderia ser vendida como um maravilhoso perfume nas melhores lojas de Paris.

Linda nunca tinha contado a ninguém sobre o problema de seu chulé. Na verdade, há anos vinha experimentando todos os truques sugeridos pelas revistas de moda, mas sem nenhum resultado. Em casa, guardava os sapatos num armário especial para que a família não acabasse envenenada por aquele fedor. E seu irmão mais velho dizia que um dia ela ficaria rica vendendo as próprias meias como armas nucleares. Na mochila de ginástica, a única coisa que podia fazer era dar nós bem apertados no cordão da bolsinha dos sapatos.

Os alunos do auditório começaram a ficar enjoados. A senhorita Kruegel continuava falando sem perceber aquela nuvem tóxica que avançava em direção ao palco:

— ... é, portanto, um orgulho para mim que a direção do colégio tenha me confiado alunos tão aplicados e responsáveis, crianças que aprenderam a ter respeito e a quem nunca... Ai, minha nossa Senhora, que fedor! *Que porcaria de cheiro é esse?* Alguém abra uma janela, por favor!

Impossível. De manhã bem cedo Jakob e Fritz tinham se encarregado de trancá-las por fora, enfiando palitos de dentes em todos os trincos.

Ao ver Linda descalça, coçando furiosamente os pés, os alunos começaram a compreender de onde vinha aquele cheiro insuportável. Aos poucos, todos os olhos se voltaram para ela. Aí, os risos se espalharam ainda mais depressa que o cheiro. "Mas que pé!", murmurava o público. Os professores tapavam o nariz chegando quase a desmaiar e pediam ao diretor que tomasse alguma providência imediata.

— Ei, Linda, estamos com fome! — gritou uma voz, lá da última fila. — Não quer dividir com a gente esse queijo maravilhoso que você esconde dentro dos sapatos?

Franz também gostaria de rir, mas não pôde. Ver Linda se contorcendo de tanta coceira enquanto todos debochavam dela era tão engraçado para ele quanto ver Holger de cueca pendurado na cesta de basquete. Ou seja, não tinha graça nenhuma. "No fundo", pensou, "Linda também podia pertencer aos *O.U.T.R.O.S.*" Quando a menina saiu correndo do auditório com os sapatos nas mãos, Franz se sentiu pior do que nunca. Virou-se para Holger. Ele também não estava rindo.

Quando o ar empesteado do auditório se dissipou e os professores puderam enfim terminar aqueles discursos chatíssimos, ninguém mais tinha vontade de provar o "bufê de frios". Que importância tinha um copo de suco de laranja em pó comparado a quinze dias inteirinhos de férias? As crianças pegaram as mochilas e saíram do colégio em disparada, dando uns gritos selvagens de alegria, como se estivessem escapando de uma jaula. O auditório foi ficando vazio. Franz se sentou num canto, vendo os professores brindarem com vinho e ir ficando cada vez mais alegres e com o rosto vermelho. Alguém se aproximou.

— Oi, Olho de Cobra.

Era Arrepiante com seu moletom velho de guerra e umas meias verdes.

— Pssssssssiiiiuu! — exclamou Franz, aflito. — Não podem nos ver juntos.

— Não estou nem aí. Quase todo mundo já foi embora. Posso sentar?

— Não sei... OK, mas só um pouquinho.

A menina cruzou as pernas ao seu lado.

— Meu nome é Blume.

— O quê?

— Meu nome. É Blume. Não tem problema você saber meu nome, não é?

— Acho que não — respondeu ele, sorrindo. — E eu sou Franz.

— Eu sei.

O menino reparou melhor em Blume. Talvez ela não fosse uma beldade, mas tinha um sorriso muito simpático. Percebeu que tinha as unhas muito curtinhas; devia roê-las.

— Franz — murmurou ela —, há dias quero contar uma coisa para você.

— O quê? — perguntou ele com um fio de voz

— É que... é que... fui eu que fiz aquele desenho. Lá na sua carteira.

— O quê? — Franz teve a impressão de que ia sufocar.

— Não fique bravo! É que não eu não consegui pensar em outra maneira de fazer você entrar

107

para a organização! Como parecia não estar lá muito convencido...

— Mas como você conseguiu...?

— Aproveitei a hora do recreio. Tinha ouvido um garoto de sua turma dizer aquela história de torto, olho morto. Era horrível, mas era bem bolado. Fui correndo até sua sala e fiz aquela caricatura.

Franz se lembrou de que Blume tinha sido a última a ir falar com Jakob naquele dia e de que tinha chegado lá quase sem fôlego.

— Diga que não está zangado, por favor — suplicou a menina.

— Mas como posso não ficar zangado! — exclamou Franz.

— É, tem razão. Mas depois das férias você já vai ter me perdoado?

O menino teve que fazer um esforço para não rir. Afinal, se não fosse aquele desenho, talvez nunca tivesse se tornado membro dos *O.U.T.R.O.S.*

— Talvez, acho que até lá já vai ter passado, sim.

— Então, vou indo — disse a menina. — Posso lhe dar um beijo de despedida?

— Bom... — respondeu Franz, bem nervoso.

Achou que ela ia beijá-lo na bochecha, mas ela lhe deu um beijo no famoso tapa-olho. Depois se levantou e foi se encaminhando para a porta.

— Blume! — gritou Franz. E a menina se virou. — Você desenha muito bem! Não quer me dar umas aulas depois das férias?

Blume sorriu mas não disse nada, e desapareceu pela porta do auditório, com seu eterno moletom cor-de-rosa. Para Franz, também já era hora de ir embora. Ali no auditório só tinham ficado uns poucos professores e um monte de copos vazios. A senhorita Kruegel insistia em dançar um tango com o professor de ginástica, que, por sua vez, insistia que não era possível dançar tango sem música e jurava que tinha de ir levar o carro para consertar. Franz os deixou discutindo alegremente e foi para casa bem devagar. Quando chegou, encontrou os pais prontinhos para sair e um pouco aborrecidos:

— Franz! Não dissemos que hoje era dia do oftalmologista? Vamos chegar atrasados!

O oftalmologista! Nem tinha se lembrado disso.

— E não podemos ligar para cancelar a consulta?

— Franz Kopf! Pegue o casaco imediatamente e saia por aquela porta!

Encontraram o doutor Winkel tão feliz e suado como sempre. Quando viu Franz, o médico praticamente o empurrou para uma poltrona, apagou a luz do consultório e mandou que ele lesse dezenas de letras como da última vez. Franz ia respondendo às perguntas do médico sem prestar muita atenção. Tinha coisas demais dando voltas na sua cabeça: o tapa-olho de serpente, os óculos de Jakob, as estranhas palavras de Janika, as unhas de Blume, Holger pendurado na cesta, os sapatos podres de Linda, o sócio misterioso, as férias...

— Leia a última linha, Franz — grunhiu o médico.

— **E**, **W** e **X** — respondeu o menino, exausto.

O médico se deixou cair na poltrona e piscou o olho para Franz.

— Parabéns, meu filho. Você reagiu muito bem ao tratamento. Quer uma boa notícia? Vamos tirar esse tapa-olho.

CAPÍTULO 9

As duas serpentes

Quinze dias de férias não foram suficientes para Franz se acostumar a se ver outra vez com os dois olhos no lugar. Era comum o menino se fechar no banheiro e ficar se perguntando quem era aquele desconhecido, piscando como um idiota do outro lado do espelho. Só quando tapava o olho direito com a mão conseguia se reconhecer e sussurrava para seu reflexo: "Ah, então você estava aí, Olho Morto!"

As férias acabaram e era a hora de embrulhar o lanche em papel-alumínio e de voltar a acertar o despertador. Mas, principalmente, era a hora de voltar à escola. No ponto de ônibus Franz e Janika bocejavam loucamente e esperavam em silêncio.

Enquanto o veículo atravessava lentamente a neblina, o menino ia pensando: o que será que os *O.U.T.R.O.S.* iam dizer quando o vissem sem o tapa-olho? Será que iam educadamente convidá-lo a deixar a organização? Será que iam expulsá-lo pura e simplesmente? Convocariam uma corte marcial para julgá-lo como traidor? Saltou do ônibus com um nó na garganta e se misturou com um mar de alunos, que se cumprimentavam, riam e reclamavam, dizendo que as férias tinham sido muito curtas. Janika desapareceu na multidão.

A senhorita Kruegel recebeu Franz com entusiasmo quando o viu entrar na sala:

— Ora, ora, o nosso Franz está curado! Voltou a ser um menino absolutamente normal.

— Nunca fui anormal — respondeu ele, secamente.

O sorriso da senhorita Kruegel ficou congelado debaixo da grossa camada de batom. Ninguém disse mais nada sobre Franz, nem sobre seu olho, durante todo o restante da aula. Emily e Holger não chegaram perto dele. E Jakob nem se dignou a lhe dar uma olhadela.

Apesar de ser proibido pelo regulamento dos *O.U.T.R.O.S.*, Franz estava pensando em se aproximar disfarçadamente do Toupeira durante o recreio para lhe dar uma explicação. Mas não conseguiu encontrá-lo em lugar algum. Ele não estava em seu canto habitual, não tinha ido procurar correspondência na biblioteca, nem estava no banheiro. Franz já estava indo dar uma olhada nas quadras de esporte quando encontrou Oliver, o melhor jogador de basquete da escola.

— Franz, está faltando um jogador para o nosso time. Não quer jogar?

— Não, obrigado, Oliver.

— Vamos lá, cara! — disse o outro alegremente e acrescentou, baixando a voz: — Fiquei com os piores da turma.

— Se eles são tão ruins assim, por que não joga sozinho? — esbravejou Franz, dando meia-volta.

Não conseguiu encontrar Jakob durante todo o recreio, portanto, teve que esperar pacientemente pela assembleia que estava marcada para o fim da tarde. Ia ser a primeira do semestre e todos prometeram estar presentes. Além do mais, Jakob tinha insinuado que tratariam de temas importantes, muito importantes, na verdade.

Às cinco e cinco, quando as luzes do colégio se apagaram e o zelador fechou por fora a porta principal, a reunião começou. Às vezes, Franz ficava olhando para o chão, outras vezes esfregava o olho direito, e tudo isso para que os companheiros não percebessem a ausência do tapa-olho.

Jakob abriu a sessão dando as boas-vindas a todos e passando a lista de presença. Não houve nenhuma falta. Os *O.U.T.R.O.S.* tinham resistido às férias. Jakob prosseguiu:

— Antes de começar com o plano de ação para o segundo semestre, preciso dizer que surgiu uma questão urgente de que precisamos tratar o quanto antes. Olho de Cobra, pode vir até aqui?

Pronto. Iam expulsá-lo. E nem ao menos tiveram a delicadeza de dizer isso em particular. Seria
ali, na frente de todos, como um condenado sen-
tenciado à morte. Franz se aproximou do palco
com as pernas bambas.

— Obrigado, Franz — disse Jakob bem baixinho, e voltou a se dirigir ao público. — Se estou
pedindo a Olho de Cobra que saia é porque tem
uma coisa que a organização precisa comunicar
aos seus membros e, por motivos pessoais, ele
deve ser o primeiro a saber. Por isso, estou lhe
pedindo que saia da Sala Oficial de Reuniões Secretas.

— Quer dizer... que você está me expulsando?

— O quê? — exclamou Jakob, sorrindo. —
Não, cara, é que tem alguém esperando por você
lá fora.

Franz se aproximou da porta e saiu do ginásio,
achando aquilo tudo muito estranho. Realmente,
no corredor escuro que dava acesso àquela sala
havia uma pequena sombra andando de um lado
para o outro. A sombra respirava fazendo uns ba-

rulhinhos desagradáveis que lhe soaram muito familiares. Parecia impossível, mas a sombra...

— Janika! — gritou Franz, ainda sem conseguir acreditar.

— Oi, Franzinho.

— Posso saber o que a senhorita está fazendo aqui? Já estou de saco cheio das suas espionagens! Entendeu bem? Quem você pensa que é para vir se meter aqui? Quem você pensa que é, hein?

— Sou o membro misterioso, Franzinho. Sou... a Víbora.

— O que... foi... que você... disse?

Janika teve que esperar um tempinho para que o irmão se acalmasse e parasse de gritar para poder lhe dar uma explicação. Quando viu que ele não estava mais com vontade de estrangulá-la, a menina começou a falar bem de mansinho:

— Conheci Jakob no dia em que fui esperar você na porta da sala. Como sempre, você já tinha ido embora de ônibus sem esperar por mim e ele era o único aluno que ainda estava ali. Ninguém espera por Jakob também. E acabamos ficando amigos. Ele me confessou que já não aguentava mais estar sempre sozinho, ser chamado de nerd o tempo todo, e ficar ouvindo as pessoas dizerem que é esquisito. Bom, como você sabe, eu também não sou lá muito normal — disse Janika com um risinho e mais um daqueles seus silvos de cobra.

— E foi aí que vocês tiveram a ideia de criar a...?

— A ideia da sociedade secreta foi minha. Jakob ficou tão entusiasmado que se ofereceu para organizar tudo. Mais ou menos nessa época o doutor Winkel mandou você usar o tapa-olho. Aí achei que seria uma ótima oportunidade para... para...

— Para quê?

— Para conseguir que nós dois fizéssemos alguma coisa juntos.

— Achei que você me odiasse — disse Franz muito sério.

— Mas é você que me trata como se eu fosse uma louca!

— Calma! Mas pode me dizer por que você se escondeu esse tempo todo?

— Porque, se eu não fizesse isso, você teria abandonado imediatamente a organização. Continuei trabalhando para os *O.U.T.R.O.S.* através de Jakob. Ele me mantinha informada de tudo.

Aos poucos as coisas começaram a ficar claras na cabeça de Franz.

— Quer dizer — começou o menino — que aquilo que você disse sobre a mochila de Linda...

— Era uma pista. Eu sabia o que vocês estavam procurando e também sabia que ela tinha chulé. É comum estarmos no vestiário na mesma hora. Ela muda de sapato o mais depressa possível, mas o meu nariz é muito sensível a qualquer mudança no ar, por causa da asma... lembra?

— Mas um pouco antes eu vi você mexendo na minha escrivaninha, procurando o meu tapa-olho de cobra!

— Eu só queria ver! Jakob tinha me dito que ele era genial. E é mesmo. Além disso, também sou uma cobra — disse a menina, sibilando mais uma vez. — Deve ser de família.

Franz só tinha mais uma pergunta a fazer a Víbora, e talvez fosse a mais importante.

— Por que você fez tudo isso, Janika?

A menina encarou o irmão e de repente pareceu furiosa:

— *Por que já não aguentava mais ser a esquisita da família!* Você é sempre tão normal, tão sério, tão perfeito... Sempre me achando uma maluca! Mas quer saber de uma coisa? Não me importa a mínima que todo mundo me chame de Janika, a Louca, nem que ponham meleca no meu caderno, nem que riam da minha tosse... Mas eu ligo para o que você acha, sim. Eu só queria que você percebesse que também é um pouco esquisito!

Os olhos de Janika se encheram de lágrimas e brilhavam como os de uma autêntica serpente. Franz chegou mais perto da irmã e a abraçou.

— Tem razão, Janika. Cada um de nós tem sua esquisitice. Se não fosse assim, como saber quem é quem?

A menina se encolheu como um gato entre os braços do irmão. Naquele instante, ouviram uma voz e os dois se assustaram.

— Bom, eu posso dizer quem é quem.

— Toupeira! — gritou Franz, furioso. — Qualquer dia desses você vai me matar do coração.

— É que já faz vinte minutos que vocês estão aqui fora e todos nós esperando lá dentro! Além disso, acho que os outros membros da organização também têm o direito de conhecer o sócio misterioso. Está preparada, Janika?

A menina ajeitou o cabelo com as mãos e passou toda orgulhosa pela porta do ginásio. Franz ia entrando atrás dela, mas Jakob o deteve. Ficou olhando fixo para Franz.

— Nossa! — disse ele. E seus olhos se arregalaram, ficando enormes por trás das lentes de fundo de garrafa. — Só agora eu reparei. O que aconteceu com seu tapa-olho?

Com relação aos *O.U.T.R.O.S.*, depois de muito refletir, decidi lhes contar um segredo importante. Tudo o que peço é que não saiam por aí espalhando para todo mundo.

Os *O.U.T.R.O.S.* existem. Quero dizer, continuam existindo. Verdade. Claro que não se trata mais de uma organização de trinta membros que se reúnem no velho ginásio do colégio de Franz. Não mesmo. Em pouco tempo, o garoto conseguiu convencer os companheiros de que a organização devia receber outras crianças. Embora a princípio Jakob e Janika não parecessem muito convencidos, Franz foi tão insistente que os outros acabaram cedendo. O grupo começou a admitir, então, os alunos que eram sempre reprovados em matemática, os que não conseguiam fazer um gol no futebol e os que desenhavam tão mal que, quando queriam fazer um elefante, acabavam fazendo um gato.

Os *O.U.T.R.O.S.* foram ficando tão famosos, que de repente todo mundo queria ser membro da organização. Jakob e Janika passavam horas e horas sentados e, à sua frente, desfilavam dezenas de meninos e meninas tentando demonstrar que eram esquisitos o bastante para serem aceitos:

— Eu tenho quilos de sardas — dizia um ruivo, apontando para as próprias bochechas.

— Eu manco um pouco quando corro, não repararam?

— Isso não é nada — interrompeu uma menina —, eu tenho seis dedos num dos pés.

— Mentira!

— Cale a boca, sardento!

Holger, Emily, Fritz e os demais se dedicaram a abrir filiais dos *O.U.T.R.O.S.* em todos os colégios da cidade e criaram seu próprio sistema de correio secreto. Blume chegou a ser coordenadora-geral da organização e comprou outro moletom. Franz não conseguiu convencê-la a escolher um que não fosse cor-de-rosa, mas não perdeu as esperanças.

Não sei se a organização já chegou ao seu colégio. De qualquer jeito, garanto que não vai demorar muito. Não sei onde os membros se reúnem atualmente, nem como entram em contato com os novos candidatos. Se você quiser ser aceito como sócio, lembre-se de que terá que provar que é tão esquisito quanto qualquer um. Então, talvez você possa fazer parte dos *O.U.T.R.O.S.* Já sabe: da ***Organização Ultrassecreta de Talentos Raros, Originais e Solitários.*** Ou Superpoderosos. Ou Surpreendentes. Você escolhe.

Este livro foi composto na tipologia Rotis Sans Serif,
em corpo 13/20, e impresso em
papel off-set 90g/m² no Sistema Cameron da
Divisão Gráfica da Distribuidora Record.